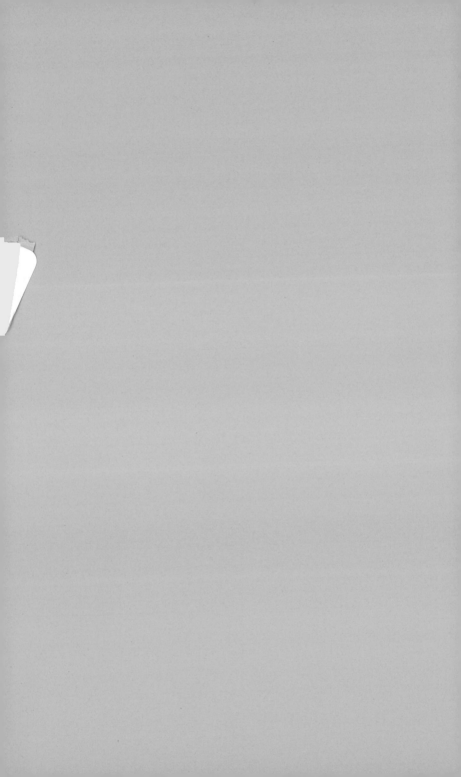

쑥뜸

읽고 싶은 시 _ 05

쑥뜸

이 나 경 시집

인문엠앤비

시인의 말

가끔 울컥할 때가 있습니다.
그럴 때는 시를 씁니다.

고덕평생학습관에서 문학 공부를 한 지 십 년이 넘었습니다.
일 년에 몇 편씩 써 놓았던 시를 버릴 수 없어 시집으로 묶습니다.

초등학교, 중학교 시절
무수히 참가했던 백일장에서
시를 쓰던 기억이 납니다.

이렇게 훌쩍 할머니가 되어 시집을 내니 감개무량합니다.
눈물이 났습니다.
하느님께 두 손 모아 감사기도를 드렸습니다.
중랑천다리를 걷다가
가장자리 틈새에 핀 분홍빛 작은 메꽃 한 송이를 보았습니다.
그 꽃처럼 삶의 도리를 지키는 시詩 사람ㅅ이고 싶습니다.

문우님 중의 한 분이
새 이름을 지어 주었습니다.

이름이 많았다던 추사 김정희
몹시 부러웠던 어린 마음에

감히 새 이름을 써 봅니다.

긴 세월 이끌어 주신 유한근 교수님과 아침문학회 문우님들
항상 격려해 주신 뜸사랑선생님들 감사합니다.

큰 힘이 되어 준 남편과 민호, 나연, 민아, 경윤, 시언, 세인
사랑합니다.
두 어머님과 형제자매들 고맙습니다.

광덕초등학교 동창 친구들
필주란 선생님과 사내중학교 동창 친구들 감사합니다.

제가 아는 모든 분들과
책을 예쁘게 만들어 주신 인문엠앤비 이노나 대표님 감사합니다.

2023년 여름에
이 나 경李奈耿

| 차례 |

제2부

제3부

제4부

이나경 시세계

제1부

경외

산길을 걷는다
하늘하늘
나비가 날아오는 줄 알았다
떨어지는 꽃잎이었다

살포시
또 꽃잎이 떨어지는 줄 알았다
나비였다
검은빛 호랑나비는
커다란 돌 위에 앉았다
너에겐
돌조차 꽃이 되는구나

그 돌 위엔 떨어진 꽃잎이 많았다
나비는 떨어진 꽃잎 위에 앉지 않고
거친 돌 표면에 앉았다
떨어진 꽃잎에 대한 예의

산벚꽃이 지는 계절
땅 위에 여기저기 뒹구는 꽃잎들
나는 가만히 신을 벗는다
떨어진 꽃잎 밟을까
조심조심 맨땅을 걷는다

낙엽 하나

사람 발길 끊어진 산길
떨어지는 무수한 낙엽들
땅으로 떨어질 기운조차 없는
나뭇잎 하나
벤치 가장자리에 앉아 있다

벌레 파먹어 구멍 숭숭
풍파에 찢어진 옆구리
바싹 마른 몸
펴지도 못하고
옹그리고 있는
나뭇잎 하나

차가운 서리 위를 달려오던 하얀 가을바람
재촉하던 걸음을 멈추고
잠시 서서 나뭇잎을 보고 있다
침묵이 흐른다

고향 집 안마당

낡은 툇마루

그 끝에 걸터앉아

나를 기다리던 어머니

고요한 숲속

그리움이 밀려와

서러움에

목메어 울었다

입추立秋

고추잠자리 한 마리
호수에 꼬리를 담근다
수없이 그려지는
동그라미 동그라미 동그라미…

밀려오는 파문에
호수 안에서 길게 누워 잠자던 나무
흔들리어 깨어난다
잠자리 꼬리의 붉은빛
나뭇잎 가장자리에 살짝 묻었다

날갯짓으로 바위를 닳게 하는 겁의 인연
동그라미가 그려진 숫자도 그만큼

고추잠자리 날아오른다
꼬리에 달려서 올라오는 물방울
그 물방울 따라서

누워 있던 나무 일어선다
가을이 선다

도깨비바늘 · 1

깜깜한 밤
바닥에 누워 별을 본다
북두칠성 북극성 은하수…
수많은 별들이 선명하다
몽골에 끌려와 죽은
우리 여인들
이곳에서 저렇게 별이 되었으리

밤 추위를 피해
별을 볼 때
도포자락처럼 둘렀던 긴치마
아랫단이 찌글찌글 엉클어져 있다
여기저기 달라붙은
작고 작은 오각형 도깨비바늘

어젯밤
별이 내려왔구나
그녀들의 다섯 손가락

내 치마를 부여잡았구나

그 별 차마 떼어내지 못하고
가만히 바라본다

빨래

한 여인이
빨래 더미를 만지며 말했다
이렇게 속이
바깥으로 나오게 뒤집어야 해
안 그러면
옷감도 상하고 보푸라기가 생겨

또 다른 한 여인
빨랫감을
하나하나 만지며 말했다
이렇게 겉이 밖으로 나와야 해
속이 뒤집어진 채로 빨래하면
속 뒤집히는 일이 생긴대
그렇지 않아도
속 뒤집히는 일이 많은 세상

나는 빨래를 할 때마다
두 여인의 말이 생각난다

그래서

한 번은 똑바로

한 번은 뒤집어서 세탁기에 넣는다

꽃등

공부방에 일등으로 도착했다
내가 일등을 하다니
들뜬 마음으로 차를 마셨다
시간이 흘러도 아무도 오지 않았다
기다림에 지쳐 핸드폰을 보았다
오늘 모임이 없다고 되어 있었다
텅 빈 사무실
갑자기 밀려오는 두려움
속이 쓰리고 아팠다
불통즉통不通則痛

혼자 집으로 돌아오는 길
일등인 줄 알고 좋아했다고 글을 올렸다
댓글이 올라왔다
일등인 줄 알았는데 꽃등이에요?
꽃등
웃음이 절로 났다
통즉불통通則不痛

꽃등
입가에 자꾸 맴돈다
사전을 뒤적인다
맨 처음
나 정말 꽃등이었다

산길

산길에 들어서면
길이 무수히 많다는 것을 알게 된다
처음엔 큰 길만 눈에 띈다
그러다 문득 가만히 살펴보면
여기저기 보이는 작은 길

딱 정해진 뚜렷한 길을 거부하고
자신의 길을 찾아 나선
사람들의 발자취가 보인다

힘이 없는 사람이었을까
낙엽 위로 희미하게 보이는
느리고 완만한 길

당찬 젊은이였을까
가파르고 급경사인 지름길

산길을 걷다 보면
자신의 길을 걷고자 걸음을 시도한
무수한 사람들을 본다

아! 누군가 온다
그는 다른 길로 간다
팬데믹 시대
그대와 나
다른 길이 있어서 얼마나 다행인가

음력 4월

아버지 생신은
음력 4월이었다
모내기를 끝낸 논에선
개구리들이
밤새 울었다
비가 오라고
비가 오라고

가뭄으로
개울물이 쪼그라들었다
바람이 불었다
어머니가 하늘을 바라보며 말했다
바람이 검은 비구름을 다 쫓아버리는구나
오늘도 비는 글렀어
4월은 늘 가뭄이 심해 큰일이여
미꾸라지도
4월이 없는 곳으로 간다더구만

개구리 소리 정겹던
고향집 옆 논
이제는 밭이 되었다
미꾸라지가
4월이 없는 곳으로
모두 가 버렸기 때문이다

흔적

바람은 살며시
소리 없이 지나갔다
존재는 있으나
잴 수 없는 너의 무게
그러나 나는 보았다
물 위에 퍼지는 물결
접촉하는 순간과
그리고 지나가 버린 그 순간
물결로 남겨진 바람의 자취

바람이 불면
단풍 들지 않은 나뭇잎이 떨어진다
목이 마르다
갈증은 점점 뜨거워진다
몸 안에서 저절로 생기는 열
마음속에서 끓고 있는
갈망

앓고 있는 나의 어머니
바람이 불지 않아도
무르익어 저절로 떨어지는
고운 단풍잎이 되기를 빌어 본다
나의 언어가
처음에는 작은 초승달 모양이었지만
반달이 되고
둥근달이 되어
어두운 세상을 밝히는 꿈을 꾼다

목이 더욱 마르다
이 끓는 마음을 아무도 몰랐으면 싶다
그런데
입술이 부르텄다
닿았던 모든 것은
흔적을 남긴다
갈망과 접촉했던
흔적이 남았다

봄마중

추운 객실 안이
갑자기 뜨거워졌어
뽀얀 형광등 빛을 제치고
햇살이 어깨 위로 떨어졌어
그때야 알았어
환승역을 지나쳤음을

내가 가야 할 길은
오직
땅속
지하로밖엔 없었어
그대에게 가려면
지하에서 한참을 달려 걸어 올라가
지상에 닿을 수 있었어

지하철은 한강 위를 달리고 있었어
푸른 물결과
밝은 햇살이

봄을 실어 나르고 있었어

왜 여태 안와?
전화로
봄마중이 말했어

숫자

이웃 언니의 다섯 살 손녀는
백까지 셀 수 있단다
샘이 났다
나도 가르쳐야겠다 생각했다
열 열하나…
스물 스물하나…
서른 서른하나…
마흔 마흔하나…
쉰 쉰은 오십이야
쉰하나…
숫자를 세면서 나는
친구의 아파트 평수가 떠오르고
나이가 떠오르고
부자 친척들의 재산이 떠올랐다
예순
갑자기 손자가 물었다
예수님이랑 똑같아요?
나는 갑자기 어안이 벙벙해서

한참을 있었다
내 마음속에
세속의 숫자가 가득할 때
다섯 살 어린이의 마음에는
예수님이 와 있었다

담 결리다

비가 스치고 지나간다
엄마 없는 시골집
엄마는 병원에서 의식이 없다

시골집 안마당
잡초가 무성하다

비구름이 손바닥만큼 걷힌 하늘
성급하게 달려온 낮달은
걱정스런 얼굴을 내려다보다가
구름으로 얼굴을 가린다

잡초의 따가움
낮달의 서글픔
눈으로 들어와서
가슴으로 내려간다

옆구리가 아프다

피부 속으로 들어간
슬픔

그리곤 다시
갈비뼈가 아프다
더 깊이 뼛속까지 들어간
서글픔

부연동 고갯길

오지마을 부연동 고갯길
한 여인이 부르는 노래
흩날리는 눈이 되었다

산 지키는 산새
내리는 눈을 바라본다

차가운 고갯길
짧은 시간
온기가 흐른다

새와 눈 마주친 여인
잠시 머물다
가던 길을 계속 걸어간다
여인과
새의 거리가 자꾸 넓어져 간다
스쳐지나가는 겨울

새의 동그란 눈

나를 붙잡고 있다

내 노래는 눈이 되지 못했다

푹 파묻혀 잡혀 있는 겨울

변주變奏

가는 비가 뿌렸다
나뭇잎에 맺힌
초록
철쭉꽃에 맺힌
진분홍
애기똥풀꽃에 맺힌
노랑
어린이 방 창가에 맺힌 물방울
투명하고 환하다
속을 알 수 없는 그대
그 창가에
맺힌 물방울
뿌옇고 불투명하다

빗줄기 거세고 굵어졌다
투다다닥 빗소리
풀잎에서
꽃잎에서

창가에서
바닥으로 떨어지는 물방울
고여 있는 물을 차고 튀어 오른다
생의 마지막 순간에 씌워지는 왕관

물보라 일고
하얗게 피어오르는 안개
다시 하늘에 오르면

시샘

이른 봄
꽃구경을 나갔다
양지바른 곳에 피어 있는
여리고 작은 꽃들
세찬 바람이 불었다
꽃이 오그린다

어스름 저녁
엄마가 퇴근해 문을 연다
기쁘게 아장거리며
다가가는 돌쟁이 아가
멀리서 놀던 형
달려와 엄마에게 먼저 안긴다
아기가 울었다

아침에 일어나 보니
하얗게
봄눈이 내렸다

통각분산痛覺分散

뜨겁다
뜨거워서 뜨자가 들어가 뜸이 된 것만 같다
쌀 반톨 크기라도 뜨겁고 뜨겁다
쑥뜸이 탈 때
주변을 세 손가락으로 살짝 눌러준다
통증이 사라진다
통각분산痛覺分散

아플 때
누군가 옆에 있으면
위로가 된다

어머니의 뜨개질

거실 소파
팔순의 어머니가 늘 앉는 자리
푹 꺼져 있다
여기저기 보이는 가느다란 선

—뜨개질을 하면 세상 근심이 다 사라져

어머니의 한숨은
가느다란 선의 흔적만 남기고 사라졌다

—뜨개 뜨는 내 옆에
 죽은 언니가 와서 앉아 있었어

어머니의 뜨개질은 기도가 된다
어머니의 손에서 피어나는
꽃
꽃
꽃

제2부

경옥언니

교실에 들어서는
언니 머리에
연분홍 꽃잎 하나
붙어 있습니다

바람은
이 아름다운 꽃잎이 떨어질 때
어디로 보낼까
생각하다가
언니에게 보내기로 했나 봅니다

어린 나이에 전쟁을 겪고
북에 두고 온 고향
임진강에 가서
그 땅을 바라본다던 언니

암을 이기고
일흔다섯에

문학 공부를 시작한 언니

꽃잎 하나를 머리에 이고 있으니
언니가 꽃이 됩니다
수줍지만 당당한
아름다운 꽃
나에게는
시가 됩니다

다행이다

길가다 우연히 마주친 성당
마당에 고요히 서 있는 성모상
그 앞에 섰다
갑자기 눈물이 났다
성당에 갔던 적이 언제였던가
다행이다
내 마음이 굳어 있지 않아서

멋진 남자가 옆을 지나간다
가슴이 뛰지도 설레지도 않는다
다행이다
이렇게 마음이 굳어 있어서

엄마 손을 놓고
아기가 한 걸음 걸음마를 한다
엄마는 박수를 치고
아기가 까르르 웃는다
세상의 모든 빛이 그 아이에게 쏟아진다

어디서 오는지 알 수도 없는 미소가
내 얼굴에 번진다
아름다운 세상
다행이다

꽃샘추위

엊그젠
햇볕이 무척 따뜻했어
꽃나무 가지마다
피어난 꽃송이
걸음 멈추고 올려다본 벗나무
하얀 송이 송이마다
점점이 박혀 있는 꽃술
개구리 알처럼 보였어
파란 하늘을 헤엄쳐가고 싶은
올챙이의 꿈

오늘은
비가 내렸어
하얗게 꽃잎이 떨어지는 줄 알았어
하얀 눈이었어
드디어 올챙이가 되어
하늘 물길 속
헤엄쳐가겠지

청개구리 알이었나 봐

우와
어린아이는
환호성을 지르며
손 내밀어 받았어
천상의 꽃
지상의 꽃

달리던 트럭
벚꽃 가로수 아래에
잠시 멈추었어
차 지붕 위에 쌓여 있던 눈
툭
떨어졌어

풍경

멸치를 다듬는데
손가락이 따끔했다
가시처럼
살에 박힌 멸치 뼈

아무리 빼려고 해도
깊이 박힌 뼈는 나오지 않았다
멸치 뼈를 가진 나는
물고기가 된다

산사
추녀 아래
물고기 모양의 풍경
바람이 불면
잠잠하던 푸른 하늘은
일렁이는 바다가 된다

다시 찾아간

산사

물고기 모양의 풍경이

어디론가 가고 없다

스스로

내 사진을 찍었다

절의 지붕 위에 푸른 하늘이 있고

내가 풍경처럼 있다

바람이 불었다

눈을 뜬

물고기가

바다를 헤엄치고 있다

씨앗

어버이날이 다가와서
화원을 기웃거렸다
꽃 대신 고추모종이
내 눈에 확 들어왔다

여름이 오면
옥수수 고추 호박 따러
강원도 가고 싶어요
손자가 말했다

올해는
왕 할머니가 안 계셔서
딸 수 없어요
왜요?
일곱 살 손자는 고개를 갸웃한다

옥수수 고추 호박은
그냥 자라지 않아요

너처럼
보살펴 주어야 해요

요양병원에 계시는 어머니
이 봄
얼마나 씨앗을 심고
가꾸고 싶을까

가만히
손자의 머리를 쓰다듬었다

돌탑

깊은 절
올라가는 산길
무수히 많은 돌탑

안 아픈 척
괜찮은 척
살던 사람들
이 산길에 들어서면
마음의 문을 연다
아프다
힘들다
기도를 한다

큰 돌
작은 돌
조약돌
동그란 돌
뾰족한 돌

저마다 다른
기원들

지나가던 바람이
마른 나뭇가지 하나
돌탑 위에 올린다

숲속의 나무
단풍잎 하나
돌탑 위에 떨군다

나도 작은 돌 하나를 얹는다
서 있기 힘들어
길가 바위에 걸터앉던
어머니

산길 돌탑
내 마음속 타지마할

선인장

선인장 키웠던 밭
누구도 견딜 수 없다
가시가 너무 아파서

갈아엎는다
흙 속에 파묻힌 선인장
살은 썩는다
가시는
더 홀쭉해지고
뾰족해진다

세월은 흐른다
가시는 더욱
가늘어지고 날카로워진다

다른 것은 심을 수 없다
선인장 키웠던 밭

갈아엎어야 하나
꽃피면 귀하다는데
키워야 하나

눈

눈이 귀한 겨울
눈이 내린다
늦은 첫눈
얼른 문자를 보낸다
눈이 내리고 있어
창밖을 봤으면 좋겠어

까톡
사진이 온다
창밖을 바라보는 뒷모습이다
손자 둘이 나란히
내리는 눈을 바라보고 있다
하늘을 바라보는
두 애기의 등에 어려 있는
신비함 그리고 탄성

솟아오른 머리카락은
놀라움이다

귀에까지 걸린 웃음이
목을 타고 어깨선을 흐른다
감탄소리 들린다

더 사랑하면 지는 거라던데
등만 보고도 들뜨는
이 마음을 어찌하나

나는 내리는 눈을 바라본다
그대 또한 눈을 바라본다
우리는
눈맞춤을 한다

첫눈

아침 식탁을 치운다
뚝배기 뚜껑을 닫았다
탁
뚝배기 뚜껑이 깨졌다
크게 두동강 났다
무슨 일이 있으려나
괜스레 불안하다
깨어진 틈 사이
뚝배기의 하늘이 열렸다

전철역에 서 있다
툭
무언가 떨어진다
어린이가 갖고 있던
장난감 반지다
반지의 제왕처럼
반지의 능력을 땅에 돌려주려나 보다

전철 안 창가
톡톡
무언가 친다
싸락눈이다

눈은 점점 굵어져
함박눈이 되었다
첫눈이다

징검다리

이쪽과 저쪽
서로 닿을 수 없다
비뚤비뚤 찍은 점
누군가 건넌다
선이 되었다
이쪽과 저쪽의 연결선

징검다리를 건너다
거친 물소리에 놀라
가만히 물을 들여다본다
물속에 그려져 있는 파란 하늘
일그러진다
징검다리가
물에겐 장애물이다
물은 몸부림을 치며
놀라서 급하게 빠져 나간다
날카롭게 소리 지르며 달려나간다

나뭇가지 하나
징검다리 사이에 걸려 있다
하늘과 바다의 경계를 착시해서
떨어진 비행기

슬그머니 잡아당겨
징검다리 아래로 멀리 던져 주었다
유유히 간다
바다로 그리고
하늘로

비오는 날

길을 걷는데
갑자기 지나가는 비가 온다
길가에 서 있는
큰 나무에게 달려간다
나무 밑엔 비가 내리지 않는다

비가 그쳤다
바람이 살랑 스치고 지나간다
나무에서
빗방울이 떨어진다
황급히 나무를 떠난다

다시 비가 온다
우산을 받쳐든다
우산 위에 쏟아지는
무수한 이야기들

비가 그쳤다

사람들은 우산을 접고 걷는다

나는 우산을 편 채로 그냥 걷는다

젖은 우산을 말리고 싶다

내가 꺼내 주지 못한 이야기가

너무 많이 쌓여 있다

우산에서

묵은 냄새가 난다

대설경보

뜨거운 물에 가고 싶네
부랴부랴 올라탄 시외버스
온천마을엔
비가 내린다

말개진 얼굴의 어머니
돌아오는 버스 안
잠이 들었다
소리 없이 내리는 함박눈

굽이굽이 고개 길
세찬바람이 분다
꾸역꾸역
하얗게 쏟아지는 눈
버스 바퀴가 휘청거린다
온 세상이 미끄럽다

모래를 뿌리고

큰 돌을 뒷바퀴에 고이고

버스는 간신히 고개를 넘는다

사랑

아장아장 걷던 아기
길 위의 빨간 단풍잎을 보았다
작은 손 내밀어 집으려는 찰나
살짝 바람이 불었다
돌돌돌 구르는 단풍잎
아기는 주변을 두리번거렸다
바람은 눈에 보이지 않았다
눈에 보이지 않는
그 무언가가
눈에 보이는 것을 움직였다
아기는 어리둥절 가만히 앉아 있다

다시 바람이 살살 불었다
바람은
아기의 볼을 만지고
이마를 만지고
머리카락을 스쳐간다
아기 얼굴의 솜털이 보송보송 일어서고

숱 적은 머리카락이 가볍게 나부낀다
단풍잎은 또그르르 더 멀리 굴러간다
아기는 눈을 가늘게 뜨고
바람의 감촉을 받아들인다
눈에 보이지 않지만
존재하는 그 무엇

아기를 바라보는 내 마음속
말로 표현할 수 없는
눈에는 보이지 않는
그 무엇이
바람처럼 살살 일었다

한파

버스에서 내리는데
확 달라붙는 바람
볼이 쩍 갈라진다
매섭고 따갑다

뒷마당 빨래줄에 걸려 있는
어머니 겨울 내복
주렁주렁 고드름이 열렸다
어머니 손가락 굵기 만하다
소맷부리에
바짓부리에
그리고 옆구리에…
나를 기다리다 지쳐서
빨래를 다 하셨구나

길게 늘어진 고드름
긴 기다림에
어머니 손가락은

어머니 발가락은
어머니 가슴은
저렇게 길어졌구나

갑자기 온수가 끊겼다
보일러가 얼었다
냄비에 물을 끓인다
수건을 넣고 끓인다
그 수건으로 보일러를 녹인다
바쁘다
숨이 가쁘다

어스름 저녁
길가에 서 있는 가로등
몇 번 깜빡이더니 꺼졌다
얼었다
한파다

허기

내 허기는
버려진 고양이

갈망으로 타는 목
바람결에 실려 온 희미한 냄새
죽은 쥐의 시체조차 향긋하게 다가온다
잘못 누른 전원 스위치처럼
환히 불 켜는 빠르고 강한 유혹
운명의 문이 다르게 열리는
순간의 선택점

날카롭게 곤두서 있는 털
그 끝에 매달린
위태로운 외로움
무심코 지나치는 사람들의 무심한 눈길에도
삼보 일배를 한다

그러나 누군가의 눈과 정면으로 마주치면
이빨을 드러내며 표독스럽게 소리 지른다

쑥 들어가 잘록해진 배
도도해 보이는 걸음

허기는
내 도도함의 원천

흔적 · 2

더운 여름날
봉숭아 꽃잎을 다진다
어딘가 깊숙이 있던 백반도 찾고
더 붉은색을 위해
파란 잎도 넣는다

손톱 위에 조심조심 올린다
손가락에 비닐을 감고 고무줄로 동인다
손은 저리고
봉숭아꽃 무게만큼
몸은 기우뚱하다
인고의 그 시간을 견딜 수 없다
바로 풀어 버린다
연한 오렌지 빛이 될 듯 말 듯
흔적만이 남았다
자세히 한참을 살펴야 겨우 보인다

아무도 내가 봉숭아물 들인 걸 모른다
나만 안다
혼자 마음 끓였던
짝사랑
외사랑처럼

그들은 다시 돌아오지 않는다

버리고 간 커튼 한 자락
열린 창문으로 손을 내민다
창문조차 닫지 않고 황급히 떠나 버린 이여
활짝 핀 목련
고개 들어 창문을 올려다본다
그들은 다시 돌아오지 않을 사람이기에

어느 해보다 더 화사하게
어느 해보다 더 향기 그윽하게
병을 앓아 죽는 이들이
마지막 남겨진 순간에 반짝이듯이
날아온 새들 노래를 부른다
더 청아하게
더 아름답게

햇빛 화사한 날
봄바람 살랑이는 벤치에서
떨어지는 꽃잎 손바닥에 받아주던 이여

목련이 피기도 전에
그렇게 바삐 떠나갔는가

한 집 한 집
불이 꺼질 때마다
툭툭 떨어지는 목련꽃
다시 새봄이 와도
이제 이곳에서는 피지 못하리
이제 이곳에서는 노래 못하리

딸기 꽃

따뜻한 봄날이었다가
갑자기 이렇게 싸늘한 추위가 오는 건
딸기가 건너 뛰어온 계절 탓이다
고약한 봄

제3부

사랑을 얼리다

식탁 위
덩그러니 남은 음식
망설이다 냉동실에 넣는다
사람들은 말한다
버려야 한다고
그러나 한쪽에서 들려오는
출렁이는 파도소리
그 미련의 파도를 넘지 못한다

홀로 있는 날
냉동실 문을 연다
냉동실에 가득 차 있는 의미, 의미들

차르르차르르 물이 끓는다
하얗게 피어오르는 수증기
봄날의 아지랑이처럼
다시 한 번 생기 넘치는
그 모습 그 향기를 꿈꾸어 본다

탐나던 빛깔
유혹하던 향기
모두 한 꺼풀 풀이 죽었다
비좁은 공간에 자리를 차지하고 있었을 뿐
그것은 버려져야 할 것이었다
한 번 더 미련의 과정을 거쳤을 뿐

나는 때때로
그 빛나던 우리의 사랑은
어디로 갔을까 생각했었다
어느 날
냉동실 안 깊숙한 곳에서
나는 보았다
얼어 있는 우리의 사랑
차마 꺼내지 못했다

화상침

번쩍
깊숙이 찌르는 예리한 고통
등에 진땀이 흐른다

불에 댄 아이 보채듯 한다더니
파르르
보채는 몸에 가슴이 탄다

그대의 처진 어깨가 안쓰러워
오리고기를 굽던 중이었다
내 손마저 구워 주고 싶은 이 마음을 그대는 알까

붉게 부풀어 오른 자리에 침을 꽂는다
화상침
가느다란 침을 따라
고통의 독소가 빠져나간다
세상의 큰 아픔들도
이렇게 가는 관 하나만이라도 있다면

소통되어 낫지 않을까

침을 놓은 그녀가 말했다
자신의 손을 구워 주고 싶었다고?
흥!
내일부터 왕따야

징검다리에서

할아버지와 두 손자가
허리를 구부려
아래를 내려다봅니다
징검다리 돌 가장자리에
아직 얼음이 두껍게 붙어 있습니다

물결을 타고
조금씩 조금씩 내려오던 봄은
얼음에 걸려 꼼짝달싹 못하고 있습니다

물!
돌 지난 작은 손자가 소리를 지릅니다
얼음!
큰 손자가 소리를 지릅니다

얼음은 깜짝 놀라
움켜잡고 있던 봄을 얼른 놓습니다
얼음이 떠내려갑니다

할아버지와 두 손자는
얼음을 향해 손을 흔듭니다

물이 돌돌돌 흐릅니다
봄봄봄 하면서 흘러갑니다

구부리고 물을 바라보고 있는
할아버지와 손자들의 어깨 위에
포근한 햇살이 내려와 토닥입니다

기도

동학사 가는 길
길가에 무수히 쌓여 있는 돌탑
여인은 발걸음을 멈춘다
작은 돌 하나를 주워
조심스럽게 올린다
차가운 바람이 분다
옷깃을 여미고
그리고 두 손을 모은다

봄은 아직도 멀었다
가만히 감은 눈
속눈썹이 떨린다
몸이 아프다는 것은
작은 돌 하나에도
겸손한 기도를 하게 한다

대웅전 부처님
미소가 환하다

다시 두 손을 모은 여인
고개를 숙인다

여인이 활짝 웃는다
햇살처럼 맑은 웃음
봄이 끌려왔다

찰랑찰랑 봄볕이 밀려오고
왁자지껄
절 마당에 몰려온
병아리 같은 아이들

기도였다
여인의 웃음

진부하다

머리손질을 한다
드라이기로 말리고
고대기로 동글동글하게 만다
마치 미장원에 다녀온 것 같다

후배가 말했다
한 말씀 드려도 될까요?
오늘 머리가 진부해요
풋
웃음이 나왔다

다음엔
머리를 둥글게 만들지 않았다
그 후배가 말했다
오늘은 머리가 괜찮네요
그런데
옆에 있는 선배가 말했다
이 머리가 괜찮다고?

감지 않은 머리처럼
착 가라앉았는데?

밥솥에 손을 넣는다
손등으로 물 눈금을 잰다
아메리카노 향기가 난다

진부함과
신선함 사이
나는 오락가락한다

산책

연초록
진초록
검은 초록
높은 곳
낮은 곳
깊은 계곡
푸른 계절 산책길에도 인생의 빛깔이 다 있다

두 손을 잡고 걷는
사랑하는 연인
라일락 향기 퍼지는 곳에
붉은 양탄자를 펼친다

연분홍빛 성당에서 물결치며 날아오는 종소리
그 파동에 진분홍색 드레스는 여자를 하늘에 띄운다
커다랗게 벌어진 남자의 입
어느새 손에 와 있는 파랑새
붉은 포도주 향기마저 감미롭다

쑥뜸 한 장

꽃을 센다
한 송이, 두 송이
나무를 센다
한 그루, 두 그루
사람을 센다
한 명, 두 명
뜸을 센다
한 장壯 두 장壯
장하다 씩씩하다
천하장사 같은 힘

수를 셀 때마다
모든 사물이 다름을 느낀다
모두 각자의 몫이 있다

종로에서

종로5가에서
오토바이를 쫓아가는 나비를 보았다
어린 시절 고향에는
논을 가는 소가 있었고
그 소를 쫓아가는 나비가 있었다

음식점 배달 오토바이가 서고
나비는 철가방 위에 앉았다
날개 위쪽은 노랑
날개 아래쪽은 하양
그리고 날개 위쪽에 그려져 있는
까만 줄과 까만 점

하얀 나비도 아니고
노란 나비도 아니고
호랑나비는 더더욱 아니었다
살아남기 위해
모든 것을 받아들이며 몸부림친 흔적

삶의 애절함
삶의 아름다움

나는 갑자기 울컥해서
눈물 뚝뚝 흘리며
종로 거리를 걸었다

내 고향에
이제는 소가 없다

꼬리

비탈길을 내려오다
엉덩방아를 찧었다
꼬리뼈를 다쳤다
내게도 꼬리가 있음을 처음 알았다
통증으로 느껴지는 존재감

여우같은 기집애
초등학교 시절 우리 친구들은
서로 이렇게 부르며
눈을 흘긴 적이 있었다
어떻게 알았을까
나에게 꼬리가 있음을

설설 긴다
무언가를 잡고 겨우 일어선다
네 발로 움직이는
꼬리 달린 여우가 되었다
꼬리를 흔들어 유혹하는 여우가 되고 싶지만

아픈 꼬리로는 불가능하다
꼬리는 아픔으로 천근만근 늘어져
땅바닥까지 닿았다

마음이란
심장이나 뇌처럼
높은 곳에 있는 줄 알았다
마음은 꼬리에 와 있다
아픈 곳에
땅바닥에 와 있다

빨간 글씨 일요일
병원은 문을 닫았다
쑥뜸을 뜨기로 했다
꼬리뼈에 쑥을 놓고 뜸불을 붙였다
여우 꼬리에 불이 붙었다
이 불로 세상을 태울지도 모르겠다

홀딱벗고새[*]

안산 자락 길을 오른다
숲이 푸르다
홀딱벗고
홀딱벗고
우렁찬 새소리

저 새가 울면
고추를 심을 때야
농사를 시작할 때지
어머니 이야기 귓가에 맴돈다

자락 길을 내려온다
삐뽀삐뽀
다급한 구급차 소리
누군가는
평생 지은 농사를
마무리하는 시간

홀딱벗고
홀딱벗고
이 세상 그 어떤 것
고추씨 하나조차도
저 세상으로는
가져갈 수 없다고
검은등뻐꾸기가 노래를 한다

* 검은등뻐꾸기의 소리가 '홀딱벗고'라고 들린다고 하여 홀딱벗고새라고도 불린다.

침시

무르익은 가을이 고운 빛깔 그대로 담겨 있다
저절로 일어나는 본능
깨물어 보니 떫다

미처 삭이지 못한 아픔
뱉어내지 못해 가슴에 든 멍의 맛

그 아픔을 어루만지는 할머니의 손
골방 같은 항아리
바다 같은 소금물
따뜻한 온기
울음을 토해낸다
슬픔과 아픔이 녹는
냄새
파동을 타고 넘어온다
이렇게 너의 아픔은 지독했구나

눈부시게 곱다

할머니의 손

대견한 듯 감을 쓰다듬고 있다

한강

장마 비가 며칠 째
거친 비바람에 한강이 소용돌이치네

강물 위에 부는 세찬 바람
언뜻 보이는 프로펠러 날개

어린 시절 내 열망의 끝은
서울 그리고 한강

산골 마을이 큰 홍수로 날마다
방송에 오르내릴 때
높은 분이 타고 왔던 헬리콥터
그 날개를 타고 서울로 한강으로
달려갔던 내 마음

한강에 부는 바람의 날개를 붙잡고
내 마음은 오늘 고향으로 가네

먼 훗날
나의 아들, 딸은
이 세상 어느 곳 비바람 부는 곳에 서면
그 마음
한강으로
날아오겠네

좋은 날
―구당 선생님 백세 축하

뜸사랑 봉사실에 구당 선생님이 오신 날
모여 있던 아픈 사람들이 말했습니다
오늘은 좋은 날이군요
이렇게 구당 선생님을 만날 수 있으니까요

환자가 침상에 올라가면서 벗어 놓은 낡은 신발
내동댕이쳐진 것처럼 뒹굴고 있습니다
멀리 떨어져 뒤집어져 있는 신발 한 짝은
자신의 삶을 던져 버리고 싶은
몸이 아픈 사람의 마음 같았습니다
허리를 구부려 신발을 집어든 구당 선생님
가지런히 곱게 놓았습니다
그 모습은 공손한 어린아이 같습니다

환자가 우리의 스승이야
늘 하시던 선생님 말씀
그때에 내 가슴에 들어왔습니다
머리에 짚신을 얹었다는 옛적 고스님은

가장 낮은 곳에 있다고 생각하는 것이
사실은 가장 높은 곳에 있음을
말하고 싶으셨다지요

아픈 인류를 위해
뜸으로 사랑의 횃불을 높이 드신 구당 선생님
걸어오신 그 길은 참으로 위대하고 외로운 길이었습니다

오늘 붕어빵들이 모여
선생님의 백세를 축하드립니다
오늘은 참으로 좋은 날입니다

폭염주의보

작은 시골 마을
오일장 파하는 시간
여인은 생선 하나를 샀다
꼬불꼬불 산길 저 너머
혼자 지내는 아픈 어머니

부랴부랴 달려온 밤길
어머니 집 불은 벌써 꺼져 있다
불러도 듣지 못하는
귀 어두운 어머니

컴컴한 앞마당
희미한 마루 위에
생선 한 마리를 두고
가만히 덮어 두었다

새벽에 마당으로 나온 어머니
깜짝 놀랐다

도둑고양이가
다 먹어치운 생선의 흔적

앙상하게 남은 뼈
희미한 비린 냄새
그 냄새를
그 뼈를
빨리 말려 버리려
태양은 내려 쪼인다

폭염주의보가 내렸다
외로움도 뜨거워진다
갈증이 난다
그리고 말라간다

마지막 남은 외로움
폭염에 말라간다
폭염주의보

꽃이 참 예쁘다

28개월 아가가
걸음을 멈추고
훅
내뱉은 말
"꽃이 참 예쁘다"

놀라서
둘러보았다
꽃은 보이지 않는다
큰 꽃
화려한 꽃은
주변 어디에도 없다

아가의 동그란 눈이 한곳만 보고 있다
아기 옆에 우두커니 서 있다가
얼른 무릎을 꿇었다
이제야 보이는
하얀 작은 꽃

눈에 띄지도 않던
볼품없는 꽃

눈물 쏙 빠지게 맵던
튼실한 파란 열매
눈부시게 강렬한
붉은 빛 열매
그렇게 열매만 안다
너에게도 꽃이 있었구나

"꽃이 참 예쁘다"
아가의 그 한마디에
어여쁜 꽃이 된다
나에게도

작고 작은 하얀 고추꽃

길

산골 마을에 있던 길
버스가 뽀얀 먼지를 일으키며 달릴 때
내 마음도 같이 달렸다
그곳에서
내 꿈은
그 길처럼 선명하고
풀 향기처럼 감미로웠다

사방팔방
수많은 길이 있는
서울
나는 꿈을 잃고 매연 속에서
컥컥대며 헤매고 있다

시낭송 소리 들리는
왕십리길
가슴이 떨린다

내 어린 시절의 꿈이
시인의 목소리를 타고
나비되어 살포시 내려앉았다
내 가슴에

도깨비바늘 · 2

갑자기
따끔거리기 시작했다
가슴 언저리에 붙어 있는
도깨비바늘
내 심장을 찌르려던
찰나의 순간

이토록 강렬한 존재감
꽃으로 피었을 땐 알지 못했다
크고 화려한 꽃들에
가려져 있던
보잘 것 없던
작은 꽃

버스 안에서
몸이 또 따가웠다
겨드랑이에 숨어 있는
몇 개의 도깨비바늘

바람결에
날아갈 수도 없었던
안타까운
날카로움

너도 나를 따라
멀리 가고 싶었구나
서울 한적한 공원
가만히 떨구었다
도깨비바늘

어머니의 노래

집 뒤 텃밭에 가 보았다
몸이 아픈 어머니가
힘들게 가꾸었던
고추와 호박
서리를 맞고
뿌옇게 퇴색되어
해골 같은 잔해가 되었다
가만히 쪼그리고 앉아
그들을 들여다보았다

서울 가는 버스를 탔다
시골 버스 정류장에서
어머니는 서지도 못하고
작은 바위에 걸터앉아서
눈만 끔뻑이며 배웅을 했다

간다 간다
나는 간다

내년에 봄이 오면
꽃이 되어 다시 오련다
어제 밤
어머니가 부르시던 노래
바람결에 들려왔다

산길을 쓸다

길을 쓴다는 것은
새 길을 만드는 일

산길에 있는 싸리 빗자루
손에 잡고
사알살 쓸어 본다
여기저기 흩어져 있던 낙엽
길가 한편으로 차곡차곡 쌓인다
내 마음속
어지럽게 흩어져 있던 생각들
가지런히 모인다

산길을 쓸었다
내 마음을 쓸었다

제4부

밥

혼자 집에서
밥 먹는 날
밥 한 그릇을 들고
텔레비전 앞에 앉았다

밥 한 술을 입에 넣는다
텔레비전을 켠다
북한과 미국
두 정상이 회담을 한다고
기자의 목소리가 흥분으로 들떠 있다

채널을 돌린다
이름 없는 가수가 열심히 노래를 부르고 있다
밥 한 술을 다시 입에 넣고
다시 채널을 돌린다
코미디언의 해괴한 표정
웃음이 절로 난다

다시 채널을 돌린다
영화 속에서 배우가 울고 있다
나도 울컥했다

밥 한 술을 다시 떠서
입에 넣다가
문득 생각했다
모두 밥벌이를 열심히 하고 있구나

나는 이 밥을 먹을 만한가
가만히 밥을
내려다보았다

인조손톱

대중목욕탕 하얀 비누
그 위에 붙어 있는
버려진 인조손톱
섬뜩하다

몸이 아프니
손톱마저 안 자라더군
손톱이 짧으니
스칠 때마다 아파
혼잣말하던 병상의 친구

손가락 끝은
몸의 끝
마음의 끝

그 아픔 가리기 위해
붙였던
화사한 꽃그림

손톱이 안 자라니
추억도 안 자라는 거 같아
무심코 지나쳤던 그녀의 넋두리

목욕탕에서
문득
가면 같아서
벗어 던졌을까

화려해서
더 슬픈
버려진 인조손톱

흙길

발을 디딜 때마다
아픔이 발바닥에서 느껴졌다
통증이 다시 머리로 온다
발의 아픔은 왜 머리까지 올까
어디에선가
흙냄새가 났다

나는 살며시 나무 사이를 비집고 들어가
흙 위에 섰다

더 강한 흙냄새가 났다
자세히 보니 개똥이다
개들도 이 흙길을
나처럼 찾아왔었구나
흙길 위에서 숨을 쉬어 본다
숨은 어디서 숨어 있었나
숨은 어디로 가는가

흙 위에서
한 그루 나무를 부여잡고 가만히 선다

고향집

어머니 혼자 사는 고향집
새 주소가 나왔다
가화로 OOO
더할 가 화려할 화
화려함을 더한 길

처마 밑에 제비집 다섯 채
요란한 지저귐
소란스럽다

백일홍 분꽃 채송화 나팔꽃 국화…
구구절절 사연을 품은 꽃들
집을 빙 둘러서서
아홉 가지도 넘는 꽃들이 웃는다

갑자기 느껴지는 번개 같은 고통
말벌이 나를 쏘았다
차양 밑에 말벌 집 두 채
그들에게 나는 이방인이다

서울 가는 버스를 탔다
어머니가 손을 흔든다
꽃이 손을 흔든다
꽃이 어머니가 된다
어머니가 꽃이 된다

안개가 자욱한 새벽
어머니는 삼거리 고향집에 불을 켠다
등대처럼

도시에 살면서
눈앞이 캄캄할 때가 있다
한치 앞도 보이지 않는다
눈을 감는다
어머니가 켜둔 고향집 불이 보인다
어슴푸레
내가 가야 할 길이 보인다

콜록콜록

몸이 앓는다
콜록콜록 쿨룩쿨룩

잘 꾸며진 깨끗하고 화려한 병원
콜록콜록
나는 수많은 줄을 기다릴 수가 없다

낡고 오래된 병원
환자는 나 혼자다
늙은 의사가 청진기를 등에 댄다
숨을 들이쉬세요
콜록콜록
내 쉬세요
콜록콜록콜록콜록
괴로운 하소연을 귀 기울여 듣는다

콜록 콜록 콜록콜록
내 몸이
어린아이가 되어 칭얼대고 있다

연등

18층 뜸사랑봉사실
무심코 창밖으로 눈길이 갔다
부처님 오신 날이 가까운 요즘
사거리 교차로
길 따라 끝없이 이어진 연등
긴 강물 같다
불어온 한 줄기 바람
물결치는 오색 빛

신호등이 바뀌고
길을 건너는 사람들
높은 곳에서 보니
마치 연등이 움직이는 것 같다
사람들이 바로 아름다운 연등이었다

가난한 여인이 켜 놓았던 연등
밤이 깊어가고 세찬 바람이 불어도
꺼지지 않았다

밤이 더 깊어져
부처님 제자가 옷깃을 흔들며 끄려 했으나
오히려 더 밝은 빛으로 세상을 환히 비추었다
이곳 봉사실의 불도 꺼지지 않으리

나처럼 무지한 이에게
사람들이 세상을 비추는 연등임을 알리려고
이렇게 초파일에는
연등을 다는 것인지도 모르겠다

빛

어스름에도 빛이 있다
그리움 같은 블루
국화 옆에서
발길 돌리지 못하고
마냥 서 있던 사람처럼

붉은 열정의 노을은
우리에게 주는 축복
그 행복한 시간의 달콤함
그러나 너무 짧다

노을이 스러지고
어스름이 온다
그 어둠 속에 숨어 있는
블루
볼 수 있으니
감사하다

화악산華岳山

국토 자오선과 위도 38선이 교차하는 곳
한반도의 정중앙 화악산

금강초롱, 닻꽃… 형형색색 야생화
숨어 피어도 찬란하게 빛난다
구름을 토해놓은 높고 큰 산봉우리
용암이 흐르듯 노을은 붉게 탄다

타향살이 헤매다 문득 와 본 고향 화악산
철 지나 피어 있는 철모르는 꽃을 보았다
비록 철이 지났어도 다독여 피워낸 산의 넉넉함

누구나 한 번은 꽃을 피운다
꽃을 피우는 것은 세상의 중심이 되는 것
한반도의 정중앙 화악산
한반도의 정중앙은 세계의 정중앙

간절함

산길로 접어드는데
갑자기 비가 내린다
우산이 없다
멀리 보이는 쉼터로 달린다

빈 누각에
혼자 앉아서
떨어지는 빗방울을 바라볼수록
비가 그치기를 바라는 간절한 마음이 생긴다
빗방울이 금방 가늘어진다
다시 길을 나선다

아카시 꽃잎이 바람에 날린다
하얀 향기를
삼키려고 입을 벌린다
바람소리가
내 귀를
고향의 뻐꾹새 소리로 데리고 간다

고향의 어머니 살던 빈집
갑자기 목이 메인다

발끝에
퍽퍽 날리는 먼지
비는 키 큰 나무 잎사귀만 슬쩍 적시고 갔다
이토록 가물었는지 미처 몰랐다

언덕을 오르니
땀이 흐른다
내 눈물방울
그리고
이 땀방울이라도 나무들에게 뿌려주고 싶다

울었다 그리고 웃었다

현관을 들어서던 그
주변을 두리번거린다
누군가 더 있는 줄 알았단다
깔깔깔 웃는 소리
문밖까지 들렸단다
텔레비전을 보면서
혼자서 그렇게 웃을 수 있다니 놀랍단다
고개를 갸웃거린다

텔레비전을 보다가
그는 소파에서 잠이 들었다
편한 침대에서 잠들지 못하는 그 모습
와신상담일 것이다
괜히 눈물이 났다
하염없이 눈물이 났다
내가 이렇게 울기도 하는 줄
그는 모르리라

대칭적 균형

콘트라포스토

작용과 반작용

햇빛과 그림자

나는 오늘도

짝다리를 하고 있는

한 조각의 비너스상이 된다

동요

어린이가 부르는 노래
그러나 요즘 아이들은 부르지 않는다

숲길을 걷는다
나도 모르게 절로 흥얼거린다
나무가 자라고
우리가 자라고
우리나라가 자란다는 노래
아이들의 힘찬 목청 속에
우리나라가 정말 커나갔다

봄꽃이 피면
저절로 노래가 나온다
내 살던 고향에 대한 노래

꽃 대궐 고향이 없는 아이들은
부르지 않는다
케이 팝을 부른다

동요

아이들의 노래

그러나 요즘 아이들은 부르지 않는 노래

늙어가는 내가 부르는 노래

버스 정류장

차가운 비바람이 불었다
한결같이 길어져 버린 목
버스가 오는 방향으로 향해 있다

축축해진 도로
마음에도 비가 내린다
빠르게 지나가는 타이어 구르는 소리
가슴이 떨린다
비바람에 실려 온
차가운 향기
몸이 저린다

목마름은 계속되고
버스는 쉬이 오지 않았다
더 많아진 사람들
더 많아진 길어진 목

그들이 가야 할 곳은 오른쪽
그들이 애타게 바라보고 있는 곳은 왼쪽
비바람이 얼굴에 몰아치고 있어도
몸까지 돌려 일제히 한 방향을 바라보았다

간절함과
목마름이 있었다
겨울 버스 정류장

파리

어머니 혼자 계신 여름 시골집
파리가 많다
방바닥 식탁 접시 장독대
파리채를 수없이 휘둘렀다

멋진 남자 여자
멋진 풍경
화려한 화면의 유혹 때문인가
텔레비전 화면에 앉아 있는 파리
약이 올라 휘두른 파리채
화면 위에 고스란히 남은 파리의 진액
사람 얼굴이 나올 때마다
볼에 눈에 입에 새겨지는 파란 얼룩점
빨리 닦지 않은 진액은
닦아도 지워지지 않았다
유혹에 빠진 낙인

지쳐 거실 바닥에 누웠다

천장에 앉아 있는 파리

파리가 저렇게 높은 곳에도 있네

나도 모르게 나오는 감탄

그래서 끈끈이라는 게 있잖아

누군가 무심히 말했다

파리가 저렇게 높은 곳에 앉기도 한다는 걸 잊고 있었다

나는 파리보다 못한가

높이 날아야 한다는 것을 잊고 있었다

파리도 높이 난다

에그머니나

에그머니나
휘청거리는 몸
병실 의자 등받이를 겨우 붙들고 간신히 구부정하게 서는 어머니
에그머니나
어머니의 외침은 갯바위에서 뜰채에 걸려 올라온 물고기처럼
파다닥 거린다
다른 말들은 빠져나간 물처럼 어딘가로 흘러갔건만
에그머니나
그 외침은 살아남아 내 귓가에서 파닥인다

청각장애 등급을 받을 수 있는 정도군요
보청기도 소용이 없어요
백내장이 심해 오른쪽 눈은 거의 보이지 않는군요

여섯 남매 객지로 다 떠나보내고
지아비 하늘나라로 가고
산골에 혼자 사는 자그마한 여인은
외로움과 그리움에

눈멀고 귀까지 먹은 것인가

에그머니나
어머니의 작은 비명에
음력 칠월의 비가 내리기 시작했다
음력 칠월 비는 빌려서라도 온단다
비 내리는 하늘을 바라보며 어머니는 전설을 이야기한다
덜컹
한줄기 강한 바람 어머니 옷깃이 펄럭인다
에그머니나
옷깃을 부여잡는 어머니
칠월 직녀의 수줍음을 본다

깃털

한겨울을 지낸
오리털 이불을 갠다
한순간 손끝에 느껴지는 아찔함
바늘이 찌르는 줄 알았다
가로와 세로 박음질이 만나는 교차점
하얀 깃털 하나 날카로운 손톱을 내밀고 있다

억지로 다시 집어넣어 본다
한 번 세상 밖으로 뻗은 손을 다시 집어넣기는 역부족이다
개던 이불을 펼친다
알록달록 꽃무늬 위에 먼저 와 있는 봄
삐죽 삐죽 손을 내밀고 있는 하얀 깃털들은
들판에 피어 있는 민들레꽃

이불을 넌다
어느새 하늘을 나는 깃털들
오리로 태어나 날지 못했던 꿈
다시 온 봄날

민들레 꽃씨처럼 하늘을 날아오른다

눈이 부시다
이웃집 마당 목련 나무 위
가지마다 날아와 앉은 하얀 새의 무리

쑥뜸

올 겨울은 너무 가물었어
눈조차 내리지 않네
내년 농사가 걱정이여
어머니 하소연이 저녁 어스름처럼 내리고 있다

에고 에고 어깨야
어이쿠 등도 아프네
어머니 앓는 소리에
내 마음이 쩍쩍 갈라진다

그래 거기여 거기
거기가 많이 아파
아시혈
바로 그곳이라는 뜻
그곳에 쑥뜸을 뜬다
파리하게 메말랐던 어머니 등에서 빨갛게 타는 쑥
뜸불 붙인 향의 연기는 하얗게 하늘로 헤엄쳐간다

아! 눈!
창밖을 바라보던 어머니의 외마디 소리
하얀 눈이 소복소복 내리고 있다
아시혈은 천응점
하늘이 반응하는 곳이라더니
메마른 땅에 눈이 내린다

포에트(poet)로서의 면모

유한근 (문학평론가)

　수필가 이정자는 시인 이나경이다. 시를 지속적으로 창작하는 작가는 시인이다. 그가 수필가로서 몇 권의 산문집을 낸 작가라 해도 나는 여기에서 그의 시를 현상학적인 시각으로 탐색하려 한다.

　나는 수필에 관한 졸저를 내면서 이정자의 첫 수필집 〈나는 빨강이 좋다〉의 수필세계를 탐색하는 비평문 〈재생적 상상력과 미학적 상상력의 조응〉을 쓸 기회를 가졌다. 그 글에서 나는 칸트와 콜리지의 상상력을 이야기하면서 그의 수필을 일별한 적이 있다. "작품의 주제에 따라, 분위기나 흐름에 따라 혹은 (…) 작가가 원하는 바에 따라 재생적 상상력에 의해서 기억해낸 에피소드를 선택하는 데에는 일차적 상상력, 생산적 상상력에 의존할 수밖에 없다. 여기에서 문체의 문제, 표현의 문제는 별개의 문제로 상상력의 국면과는 별개로 논의되어야 할 것이다"라고. 여기에서 별개의 문제인 문체와 표현의 문제는 특히 시학에서는 주목해야 할 문제임은 분명하다. 따라서 이나경 시인의 시를 일별하는데 있어서 나는 그의 수필과 그리고 많이 발표되지는 않았지만 그가 쓴 아이들을 위한 소설인 동화를 소환하여 읽을 수밖에 없음을 먼저 전제하고 그의 시를 읽으려 한다.

앞서 언급한 비평문에서도 말한 바 있지만, "작가 이정자는 담대하고 선명한 작가이다. 혼돈의 정서를 간명하게 질서화시키고, 작가가 말하고자 하는 바 메시지를 빈틈없이 전달하는 이지理智의 작가이다. 가끔 그 치명적인(?) 메시지가 문학적 감동을 반감시키기는 하지만, 두 개의 시퍼런 양날의 칼을 지닌 수필가이다. 다만 그가 나아갈 지평은 좀 더 넓은 곳으로, 좀 더 신비스러운 곳으로 나아가기를 바랄 뿐이다."라고 말했던 바대로 이 시집을 일별하면서도 수정할 생각이 없다. 그러나 나는 이나경 시에서 치명적인 메시지와 신비스러운 세계를 좀 더 만났으면 하는 바람으로 그의 시 속으로 들어가려 한다.

1. 어머니의 표상과 형상성

아리스토텔레스는 인간을 가장 전율하게 하는 것이 연민과 공포라고 했지만, 시인에게 있어 가장 치명적인 메시지는 가족에 대한 사랑, 특히 어머니에 대한 사랑일 것이다. 그리고 신비의 공간은 자연과 성스러움의 세계일 것이다.

> 사람 발길 끊어진 산길/떨어지는 무수한 낙엽들/땅으로 떨어질 기운조차 없는/나뭇잎 하나/벤치 가장자리에 앉아 있다//벌레 파먹어 구멍 숭숭/풍파에 찢어진 옆구리/바싹 마른 몸/펴지도 못하고/옹그리고 있는/나뭇잎 하나//차가운 서리 위를 달려오던 하얀 가을바람/재촉하던 걸음을 멈추고/잠시 서서 나뭇잎을 보고 있다/침묵이 흐른다//고향 집 안마당/낡은 툇마루/그 끝에 걸터앉아/나를 기다리던 어머니//고요한 숲속/그리움이 밀려와/서러움에/목메어 울었다
>
> ―시 〈낙엽 하나〉 전문

수필이라는 혐의를 받을 수 있는 위 인용문이 시가 되는 이유는 고향집에서 시인을 기다리는 어머니를 '낙엽 하나'로 비유하고 있다는 점이다. "벤치 가장자리에 앉아 있다//벌레 파먹어 구멍 숭숭/풍파에 찢어진 옆구리/바싹 마른 몸/펴지도 못하고/옹그리고 있는/나뭇잎 하나"의 이미지는 어머니를 나뭇잎 하나로 은유하고 있다는 점에서 이 시는 그 혐의를 불식시킨다.

이런 맥락의 또 다른 시는 〈흔적〉이라는 시이다. 이 시에서

는 "앓고 있는 나의 어머니/바람이 불지 않아도/무르익어 저절로 떨어지는/고운 단풍잎이 되기를 빌어 본다(3연)"고 어머니를 표상하는 사물로 '고운 단풍잎' 하나로 설정하고 있다.

그리고 그 떨어지는 단풍잎을 1연에서 "바람은 살며시/소리 없이 지나갔다/존재는 있으나/잴 수 없는 너의 무게/그러나 나는 보았다/물 위에 퍼지는 물결/접촉하는 순간과/그리고 지나가 버린 그 순간/물결로 남겨진 바람의 자취"라고 세월이라는 추상적인 개념을 바람이라는 구체적인 존재로 설정하여 그 자취를 인식하려 한다.

그리고 2연에서 "바람이 불면/단풍 들지 않은 나뭇잎이 떨어진다/목이 마르다/갈증은 점점 뜨거워진다/몸 안에서 저절로 생기는 열/마음속에서 끓고 있는/갈망"이라고 서정적 자아의 내면적 욕구를 토로한다. 그러나 이 갈망의 구체적인 존재가 명징하지 못함으로 해서 오독의 여지를 남긴다. 그 갈망이 어머니에 대한 기원으로 연결되고 있다는 사실은 이해할 수 있지만, 비유적 표현구조가 두터워 그 다음 연을 살펴야할 것이다. "언어가/처음에는 작은 초승달 모양이었지만/반달이 되고/둥근달이 되어/어두운 세상을 밝히는 꿈을" 꾸지만 "세상을 밝히는 꿈"의 의미가 모호하다. 그러나 마지막 연을 읽으면서 그 의혹은 풀릴 것으로 보인다. "목이 더욱 마르다/이 끓는 마음을 아무도 몰랐으면 싶다/그런데/입술이 부르텄다/닿았던 모든 것은/흔적을 남긴다/갈망과 접촉했던/흔적이 남았다"(《흔적》의 마지막 연)가 그것이다.

이 시 〈흔적〉에서 시인이 갈망하는 것은 앞서 언급한 대로 앓고 있는 어머니가 고운 단풍잎이 되어 바람의 무게로 흔적 없이 떨어지는 것일 것이다. 그러나 그 갈망조차 흔적이 남는 다는 사실, 그 인식의 과정을 디테일하게 표현하려고 하기 때 문에 이 시에는 모호성이 함유된다. 이 모호성(엠비규어티, ambiguity)으로 인해 윌리엄 엠프슨의 시학에 입문한 것으로 보아도 좋을 것이다. 이로써 이나경은 비로소 시인의 길로 들 어선 것으로 보아야 할 것이다. 이런 과정을 거쳐 어머니를 모티프로 쓴 또 다른 시는 〈담 결리다〉와 〈돌탑〉〈음력 4월〉 과 같은 주목받는 시가 나오게 된다.

비가 스치고 지나간다
엄마 없는 시골집
엄마는 병원에서 의식이 없다

시골집 안마당
잡초가 무성하다

비구름이 손바닥만큼 걷힌 하늘
성급하게 달려온 낮달은
걱정스런 얼굴을 내려다보다가
구름으로 얼굴을 가린다

잡초의 따가움
낮달의 서글픔
눈으로 들어와서

가슴으로 내려간다

옆구리가 아프다
피부 속으로 들어간
슬픔

그리곤 다시
갈비뼈가 아프다
더 깊이 뼛속까지 들어간
서글픔

—시 〈담 결리다〉 전문

위의 시 〈담 결리다〉의 배경은 "엄마 없는 시골집"과 병원에서 의식 없는 엄마, 그리고 비 그친 하늘이다. 그 하늘에 걱정스런 얼굴로 내려다보는 낮달. 그 낮달을 시인은 서글픔으로, 그리고 엄마 없는 시골집의 잡초를 따가움으로 인식한다. 그래서 그 아픔이 가슴으로, 옆구리로, 갈비뼈로, 그리고 깊은 뼛속으로 내려와 슬픔으로, 서글픔으로 인식한다. 그것을 '담 결리는 것'으로 인식하고 쓴 시이다. 이 시는 이러한 설명이 오히려 췌언인 시이다. 편하게 아무 생각 없이 읽기만 해도 감동이 그대로 전달되는 시이다. 그것이 아픔이든, 슬픔이든, 서글픔이라는 정서이든 큰 감동으로 전달된다.

시 〈돌탑〉에서는 산사로 올라가는 길에 쌓여진 돌탑에 "지나가던 바람이/마른 나뭇가지 하나/돌탑 위에 올"리고, "나도 작은 돌 하나를 얹는"데 "서 있기 힘들어/길가 바위에 걸터앉던/어머니"는 나에게는 "산길 돌탑"이며 "내 마음속 타지마할"이라고 어머니의 불심을 돌탑 혹은 타지마할로 표상해 보여준다.

그리고 아버지의 생신인 〈음력 4월〉이라는 시에서 어머니는 가뭄이 심한 날 하늘을 바라보며 "바람이 검은 비구름을 다 쫓아버리는구나/오늘도 비는 글렀어/4월은 늘 가뭄이 심해 큰일이여/미꾸라지도/4월이 없는 곳으로 간다더구만"이라고 그려 어머니의 자연친화사상을 미꾸라지라는 모티프로 명증하게 표현해 준다.

2. 자연친화의 구체화

시인의 자연친화사상은 단순한 시적 표현구조에서의 용도로 필요한 것이 아니라, 인간 삶의 생활 철학으로서의 지혜를 터득하는 데에 필수적인 전제요건이다. 시인의 심상을 의탁하는 글감으로서의 단순한 자연이 아니라 더불어 살아야 하는 인간과 똑같은 존재로서의 자연을 의식해야 한다는 점에서 어떤 측면에서 보자면 자연이라는 존재는 인간과 등가치적이다. 이를 우회적으로 보여주는 시가 〈입추立秋〉이다

'입추立秋'는 글자 그대로 '가을이 서다'이다. 계절의 문턱에 서 있는 가을, 그 가을의 모습을 시 〈입추立秋〉는 그려주고 있다.

고추잠자리 한 마리
호수에 꼬리를 담근다
수없이 그려지는
동그라미 동그라미 동그라미…

밀려오는 파문에
호수 안에서 길게 누워 잠자던 나무
흔들리어 깨어난다
잠자리 꼬리의 붉은빛
나뭇잎 가장자리에 살짝 묻었다

날갯짓으로 바위를 닳게 하는 겁의 인연
동그라미가 그려진 숫자도 그만큼

고추잠자리 날아오른다
꼬리에 달려서 올라오는 물방울
그 물방울 따라서
누워 있던 나무 일어선다
가을이 선다

—시 〈입추立秋〉 전문

　고추잠자리가 호수에 꼬리를 담그고 그리는 동그라미, 그 동그라미의 파문에 깨어나는 나무. 나뭇잎 가장자리에 묻어 나는 고추잠자리 꼬리의 붉은색. 그리고 그 동그라미의 숫자 만큼 잠자리의 날갯짓으로 "바위를 닳게 하는 겁의 인연" 그 인연 속에 인간의 모습이 나온다. 이 시에서 인간의 모습을 구체적으로 그리고 있지는 않다. 호수와 잠자리와 나뭇잎과 바위, 그리고 그 다음 마지막 연에서의 가을만 있을 뿐이지 인간은 없다. 시인은 시 속에 없고 자연을 그리고 있는 '숨은 화자'일 뿐이다. 그러나 '겁의 인연'이라는 시어 속에 자연물과 더불어 있다. 마지막 연의 날아오르는 잠자리 꼬리에 달려 오르는 물방울 따라 나무도 일어서고, 가을도 일어서는 속에서 숨은 인간도 일어선다.

이런 점에서 '입추立秋'는 저물어가는 계절이 아니라 우뚝 서는 계절이다. 이 지혜를 '입추立秋'는 전언한다.

> 눈이 귀한 겨울
> 눈이 내린다
> 늦은 첫눈
> 얼른 문자를 보낸다
> 눈이 내리고 있어
> 창밖을 봤으면 좋겠어
>
> 까톡
> 사진이 온다
> 창밖을 바라보는 뒷모습이다
> 손자 둘이 나란히
> 내리는 눈을 바라보고 있다
> 하늘을 바라보는
> 두 애기의 등에 어려 있는
> 신비함 그리고 탄성

솟아오른 머리카락은
놀라움이다
귀에까지 걸린 웃음이
목을 타고 어깨선을 흐른다
감탄소리 들린다

더 사랑하면 지는 거라던데
등만 보고도 들뜨는
이 마음을 어찌하나

나는 내리는 눈을 바라본다
그대 또한 눈을 바라본다
우리는
눈맞춤을 한다

—시 〈눈〉 전문

　시 〈눈〉의 키워드는 '눈'과 '두 손자'와 '사랑'이다. 카톡으로
전송되어 온 눈을 바라보는 두 손자의 영상, 그들의 "등에 어
려 있는/신비함 그리고 탄성" 그리고 "솟아오른 머리카락은/
놀라움"으로 그리고 "귀에까지 걸린 웃음이/목을 타고 어깨
선을" 흘러 들리는 감탄소리. 그것들은, 그렇게 인식하는 것
은 시적 자아의 사랑하는 마음 때문이다. 그래서 시인은 "더
사랑하면 지는 거라던데/등만 보고도 들뜨는/이 마음을 어찌
하나"라고 토로한다. 그리고 마지막 연에서 "나는 내리는 눈
을 바라본다/그대 또한 눈을 바라본다/우리는/눈맞춤을 한

다"고, 내리는 눈을 같이 바라보는 이미지를 눈맞춤으로 인식한다.

아기와 바람을 모티프로 한 시 〈사랑〉이라는 시에서는 보이지 않는 바람, "아기의 볼을 만지고/이마를 만지고/머리카락을 스쳐"가는 바람, 그 바람에 "아기 얼굴의 솜털이 보송보송 일어서고/숱 적은 머리카락이 가볍게 나부낀다/단풍잎은 또그르르 더 멀리 굴러간다" 그리고 "아기는 눈을 가늘게 뜨고/바람의 감촉을 받아들인다/눈에 보이지 않지만/존재하는 그 무엇//아기를 바라보는 내 마음속/말로 표현할 수 없는/눈에는 보이지 않는/그 무엇이/바람처럼 살살 일었다"는 그것을 시인은 사랑으로 인식한다. 그러나 이 시의 행간 속에는 보이지 않는 바람을 느끼는 아기의 그 마음을 시인은 '사랑'으로 인식하고 있는 것으로 보아도 좋을 것이다.

3. 동심의 신성성과 초월성

이나경 시인은 자연친화적인 자연물과 가족인 어머니, 손주에 깊은 관심을 보이며 그것들을 시적 모티프로 차용한다. 시 〈숫자〉도 그중 하나이다. 손자에게 숫자를 가르치는 그 과정을 시로 형상화한다.

이웃 언니의 다섯 살 손녀는/백까지 셀 수 있단다/샘이 났다/

나도 가르쳐야겠다 생각했다/열 열하나…/스물 스물하나…/서른 서른하나…/마흔 마흔하나…/쉰 쉰은 오십이야/쉰하나…/숫자를 세면서 나는/친구의 아파트 평수가 떠오르고/나이가 떠오르고/부자 친척들의 재산이 떠올랐다/예순/갑자기 손자가 물었다/예수님이랑 똑같아요?/나는 갑자기 어안이 벙벙해서/한참을 있었다/내 마음속에/세속의 숫자가 가득할 때/다섯 살 어린이의 마음에는/예수님이 와 있었다

—시 〈숫자〉 전문

위의 시에서 보듯이 손자에게 숫자를 가르치다가 시적 자아인 시인이 떠올린 것은 나이, 아파트, 평수, 부자 친척의 재산 등 세속적인 숫자인 데 반해, 다섯 살 손자는 '예순'이라는 숫자에서 뜬금없이 '예수'를 떠올린다. 발음이 비슷해서일 것이다. 그래서 시인은 "다섯 살 어린이의 마음에는/예수님이 와 있었다"라고 이 시를 마무리한다. 다섯 살 어린이의 이 마음은 동심이다. 동심이 곧 예수라는 것을 인정할 때 그것은 거룩함이며 신성함이다. 동심은 사무사思無邪의 마음이다. 그럴 때 그 등식은 성립된다. 동심=예수=거룩함과 신성함=사무사의 마음이 그것이다.

같은 맥락의 시 〈풍경〉을 보아도 이 등식의 타당성은 인정된다. 이 시는 멸치를 다듬다가 손가락에 박힌 멸치 뼈. 그 "멸치 뼈를 가진 나는/물고기가 된다"는 동심적 발상에서 이 시가 시작된다. 그리고 이 발상을 산사山寺의 풍경으로 전개시켜 나간다.

산사
추녀 아래
물고기 모양의 풍경
바람이 불면
잠잠하던 푸른 하늘은
일렁이는 바다가 된다

다시 찾아간
산사
물고기 모양의 풍경이
어디론가 가고 없다

스스로
내 사진을 찍었다
절의 지붕 위에 푸른 하늘이 있고
내가 풍경처럼 있다
바람이 불었다
눈을 뜬
물고기가
바다를 헤엄치고 있다

—시 〈풍경〉 부분

위의 시 〈풍경〉에서의 '풍경'은 중의적 의미를 가진다. "물
고기 모양의 풍경"의 풍경風磬은 처마 끝에 다는 작은 종. 속
에는 붕어 모양의 쇳조각을 달아 바람이 부는 대로 흔들리면
서 소리가 나는 작은 쇠종을 의미하고, 마지막 연의 "내가 풍

경처럼 있다"의 풍경風景은 경치를 의미한다.

그러나 이 시에서 간과할 수 없는 부분은 "물고기 모양의 풍경/바람이 불면/잠잠하던 푸른 하늘은/일렁이는 바다가 된다"는 동심적 인식과 "절의 지붕 위에 푸른 하늘이 있고/내가 풍경처럼 있다"는 인식과 바람이 불 때 "눈을 뜬/물고기가/바다를 헤엄치고 있다"는 동심이다. 이 동심을 불교적인 인식으로 해석하면 물아일체物我一體의 경지와 "눈을 뜬/물고기"의 깨달음의 경지이다.

이런 점에서 〈풍경〉에서 보여주고 있는 동심의 공간은 다분히 불교적이라는 점에서 깨달음과 초월적 공간의 시라고 할 수 있을 것이다.

깜깜한 밤
바닥에 누워 별을 본다
북두칠성 북극성 은하수…
수많은 별들이 선명하다
몽골에 끌려와 죽은
우리 여인들
이곳에서 저렇게 별이 되었으리

밤 추위를 피해
별을 볼 때
도포자락처럼 둘렀던 긴치마
아랫단이 찌글찌글 엉클어져 있다
여기저기 달라붙은

작고 작은 오각형 도깨비바늘

어젯밤
별이 내려왔구나
그녀들의 다섯 손가락
내 치마를 부여잡았구나

그 별 차마 떼어내지 못하고
가만히 바라본다

—시 〈도깨비바늘 · 1〉 전문

위의 시 〈도깨비바늘 · 1〉은 별과 도깨비바늘, 그리고 공녀로 몽고에 끌려간 여인 그 역사적 사실을 모티프로 한 시이다. 후자의 여인은 이 시의 배경이다. 이 시의 한 구절인 "몽골에 끌려와 죽은/우리 여인들/이곳에서 저렇게 별이 되었으리"를 볼 때, 이 시는 한편의 기행시라는 점과 함께 역사적 배경으로 하고 있지만 시인이 말하고자 하는 바 메시지 형성에 중요한 사실이다.

우선 이 시가 주목되는 점은 땅의 '도깨비바늘'과 하늘의 '별'을 시각적인 이미지로 일치시키고 있다는 점과 몽고에 공녀로 끌려간 여인을 '도깨비바늘'로 비유하고 있는 점이다. 그리고 도깨비바늘로 표상된 그 여인들이 별이 되었다는 발상은 역사적인 국면에서나 시적인 국면에서 초월적인 신성함 혹은 거룩함의 표현구조라 할 수 있을 것이다.

이 글의 서두에서 탐색한 어머니를 모티프로 한 시 중에서

간과할 수 없는 시가 표제시 〈쑥뜸〉이다. 이 시는 겨울 가뭄으로 내년 농사를 걱정하시는 어머니의 하소연과 앓는 소리에 시인의 마음이 쩍쩍 갈라지면서 쑥뜸을 떠드리는 마음을 시로 형상화한 시이다.

올 겨울은 너무 가물었어
눈조차 내리지 않네
내년 농사가 걱정이여
어머니 하소연이 저녁 어스름처럼 내리고 있다

에고 에고 어깨야
어이쿠 등도 아프네
어머니 앓는 소리에
내 마음이 쩍쩍 갈라진다

그래 거기여 거기
거기가 많이 아파
아시혈
바로 그곳이라는 뜻
그곳에 쑥뜸을 뜬다
파리하게 메말랐던 어머니 등에서 빨갛게 타는 쑥
뜸불 붙인 향의 연기는 하얗게 하늘로 헤엄쳐간다

아! 눈!
창밖을 바라보던 어머니의 외마디소리
하얀 눈이 소복소복 내리고 있다
아시혈은 천응점

하늘이 반응하는 곳이라더니
메마른 땅에 눈이 내린다

—시 〈쑥뜸〉 전문

위의 시에서 '아시혈'의 사전적 의미는 "통증이 있는 부위를 눌러 주면 그 해당하는 자리가 곧바로 편해지거나 혹은 환자가 아픔을 느끼고 곧 아시(阿是: 아! 맞다)라고 말하는 곳을 혈穴 자리로 정한 것"을 말한다. 이 말은 '아시阿是'라는 중국어에서 파생된 언어이다. 어머니가 아파하는 그 자리에 쑥뜸을 뜨는데, 그 "아시혈은 천응점/하늘이 반응하는 곳이라더니"라고 인식한다. 이렇게 아시혈을 인식하고 마지막 구절 "메마른 땅에 눈이 내린다"라고 표현한 것으로 볼 때, 이나경 시인은 땅과 하늘을 연결시키는 혹은 인간 몸을 하늘의 것으로 연결시키는 초월주의적인 인식을 지니고 있음을 새삼 인식하게 된다.

한방에서는 인간의 몸을 자연으로 본다는 사실을 환기할 때 쑥뜸도 이와 다르지 않을 것이다. 이러한 초월적인 의식이 "파리하게 메말랐던 어머니 등에서 빨갛게 타는 쑥/뜸불 붙인 향의 연기는 하얗게 하늘로 헤엄쳐간다"라는 구절과 "창밖을 바라보던 어머니의 외마디소리/하얀 눈이 소복소복 내리고 있다"라는 시 구절을 가능하게 해 준다고 볼 수 있다.

시는 우리의 살아가는 모습이 투영되어 그 삶의 본질과 정체성을 밝히는데 그 미시적 의미가 있기도 하지만, 거시적으로는 현실적인 삶을 초월하여 신비체험, 그 성스러움의 공간

속으로 들어가기 위한 상상력을 요구할 때가 있다. 이런 관점에서 볼 때, 이나경 시는 어머니로 표상되는 가족이나 친지 그리고 현실 인식을 통해서 선사의 것을 성취하고, 후자의 것은 동·서양의 사상과 자연친화사상으로 구현하고 있음을 확인할 수 있다. 그런 점에서 그는 문학 원론적 개념으로 영어인 포에트(poet)의 역할을 다하고 있음을 이 시집을 통해 보여주고 있는 셈이다. 더 이상 무슨 말이 더 필요할 것인가.

이나경 시집

쑥뜸

인쇄 2023년 8월 21일
발행 2023년 8월 24일

지은이 이나경
발행인 이노나
펴낸곳 인문엠앤비
주소 서울특별시 종로구 북촌로4길 19, 404호(계동, 신영빌딩)
전화 010-8208-6513
이메일 inmoonmnb@hanmail.net
출판등록 제2020-000076호

ISBN 979-11-91478-22-8 04810
      979-11-971014-6-5   세트

값 10,000원